KB153055

한국 희곡 명작선 118

동행-당신은 나였습니다

한국 희곡 명작선 118

동행

–당신은 나였습니다

김성희

평민사

김성희

동행·당신은 나였습니다

등장인물

김월례 (65세 박영진의 모(母))
송지영 (30세 박영진의 처(妻))
박영진 (33세 보험회사 직원, 목소리만 등장)
박팔봉 (30~40세 농부, 목소리만 등장)
젊은 날의 김월례 (27세)
김월례의 시어머니 (50세, 목소리만 등장)
김월례의 친정어머니(45세, 목소리만 등장)

무대는 평범한 소시민의 거실 겸 주방이다
약간은 낡은 벽지며 가구가 그리 넉넉하지 못한 살림살이임을
알게 한다.
무대 정면의 창문을 통해 시간과 날씨와 심리적 배경의 분위기
를 드러낸다.
무대 왼편에 작은 베란다가 있고 이름 모를 화초가 놓여있다.
무대 오른편에 싱크대와 식탁, 무대 중앙에 좌식 테이블과 카펫
이 깔려 있다
(경우에 따라 식탁이 없고 소파가 중앙에 놓일 수도 있다)
이 극은 김월례의 삶의 행적인 과거장면과 지영과의 현재장면
이 교차로 배치되어 있다..

[과거장면 1]

멀리서 상여 소리가 들린다. 그와 더불어 처량한 빗물소리. 젊은
날의 월례가 소복을 입은 채 서 있다. 그다지 크게 슬픈 표정은 아
니다. 중앙에 pin조명 서서히 돌아서며 아이를 부른다.

월례   (손짓하며) 영진아, 영진아. 엄마한테 오거라. 임자는 니캉
내캉 둘뿐인기라. 니캉 내캉 말이다.

제1장

'탕' 하는 거칠게 문 닫는 소리.
실내복 차림으로 흐트러진 지영이 등장한다. 잔뜩 화난 목소리로
오른쪽 출입구를 향해 소리 지른다.

지영   그래! 나가 버려. 다시 들어오기만 해봐. (주방으로 가서 물을
꿀꺽 마신다) 내가 뭐야. 도대체 당신한테 난 뭐냐구. 부부
좋아하네. 한 마디 상의 없이 대출 받고 일 저지르고 들키
면 화만 내고. 좋아! 까짓 것 니 마음대로 해. 전세를 담보
잡히던지 거리로 나앉던지. (성에 안 차는지 이번에는 싱크대에
서 맥주를 꺼내 병째 들이킨다) 후, 난, 난 야근까지 하면서 동
한 푼에 벌벌 떠는데 제까짓 게 무슨 갑부 아들이야 뭐야.
내 잔소리가 지겨워 나간다고? 핑계 좋다. 툭하면 집 나가

는데 누가 겁날 줄 알아. (담배를 꺼내 문다) 그 돈 다 어디에
썼는지 모를 줄 알고. 당신! 도대체… 내가 뭘 그렇게 잘
못했다고. 왜 날 우습게 보는 거야. 왜, 날. (침묵하다가 벌떡
일어나 음악을 튼다) 좋아. 무시할 테면 하라지. 누가 이기나
한 번 해보자. 해보자 말이야. (손에 술병을 들고 춤을 춘다)

전화벨 소리. 전화 자동응답기 소리 들린다.

– 여기는 박영진, 손지영의 집입니다. 용건…

영진 (다소 신경질적인 목소리) 전화 안 받고 뭐하는 거야. 내일 출장
있으니까 가방 좀 챙겨봐. (잠시 망설이다가) 그만 하자. 괜히
신경 곤두세워봤자 서로 피곤해지니까. 내 일은 내가 알아
서 할 테니까 더 이상 얘기 꺼내지 마. (헛기침) 출장 갔다 와
서 외식이나 한 끼 하지. 오늘은 좀 늦을 거야. (끊는다)

지영 (춤추다가 선 채로 가만히 듣고 있다가 갑자기 수화기를 든다) 여보
세요, 여보. (전화기 수신음만 뚜뚜 하고 들린다)

지영은 서랍에서 천천히 남편 옷을 꺼내 가방에 담다가 집어 던져
버린다. 그리고는 갑자기 생각난 듯 화장대에 앉아 화장을 한다.

지영 뭐하는 짓이야. 이 까짓 거 다 뭐야. (화장하는 손놀림이 빨라지
며 말도 빨라진다) 우습다 우스워. 말 한마디에 혹해서는 참 나

8

도 우스운 인간이야. 왜 이렇게 비굴해졌지. 손지영. 왜 이렇게 바보가 됐냐구. 니가 맨날 그러니까 거지 발싸개가 돼가고 있는 거라고. 뭐가 무서워서 이러지도 저러지도 못하고 살고 있는지 참 한심하다. (일어나서 외출복으로 갈아입는다) 그래. 나도 나가는 거야. 나가서 하고 싶은 것 맘껏 해보는 거지. 출장을 가든지 말든지. 내가 없어봐. 얼마나 불편한지. (문득 멈춘다) 불편해? (실소한다) 불편할 뿐일 거야…

전화벨 소리 울린다. 지영은 자동응답기 소리 중간에 받아든다

지영 왜! 또 뭐 시키실 일이 있으십니… (놀라며) 어머 어머님. (표정이 어두워진다) 아니에요. 그이인 줄 알고. 어머님 편안하시죠? 저희야 그렇죠. 네?! 지금 역이라구요? 아니 갑자기 어떻게. (안절부절못한다) 아유 그럼요. 잘 오셨어요. 지금 제가 모시러 갈게요. 힘들어서 안 돼요. 제가… 그럼 택시 타고 오세요. 예. 예. 조심해서 오세요. 네. 기다릴게요.

지영 전화를 끊자 바빠지기 시작한다. 창문을 열고 청소하고 옷 다시 갈아입는다. 분주하다.

지영 하필 이럴 때 오실 게 뭐람. 아무튼 불쑥불쑥 이러시니. 아휴. 그렇다고 뭐라 할 수도 없고. 아무리 자식 집이라지만 쯧. 할 수 없지.

청소를 막 마치고 가그린을 하자마자 벨소리가 들린다.

지영 어머님이세요? (출입구 쪽으로 간다)

월례 그래 내다. 문 열거라.

짐 보따리를 양 손에 든 김월례가 등장한다.

눈은 왠지 반가운 기색이 아니다. 특히 지영은 말투는 상냥하나 표정은 찌푸린 것 같다. 들어오는 김월례는 들어서자마자 푸념하기 시작한다.

월례 얘야 말도 마라. 이놈의 짐 보따리는 와 이래 무겁노. 내사 마 가뿐하게 올라 캣지만 우리 아들이 내가 담근 된장, 간장, 고추장, 김치 장아찌 아이만 밥을 잘 못 묵는다 카이 우짜노? 힘들어도 바리바리 싣고 와야제. 어미라는 게 그렇다. (들어와서 짐 보따리를 며느리한테 다시 받아서 풀면서) 하기사, (며느리 흠칫 보며) 니는 마 아직 새끼가 없어가 모르겠지만서도…

지영은 이 말에 더욱 더 불쾌한 표정을 짓는다. 김월례도 그 표정을 보고 조금 민망한지 헛기침을 한다.

월례 참. 우리 아들은 내가 핸다폰 해보이까네 회사일이 바빠

10

오늘 좀 늦는다 카데. 우짜노? 그리 바빠가. 밥은 잘 챙기
주나. 남자는 그래 마 바빠야 하는 기다. 집에 앉아가 마누
라 뒤만 졸졸 따라다니만 그게 사나가. 놀아도 밖에 나가
놀아야지 그래야 큰일 하는 기라. (이리저리 집안을 다니면서
감시하듯이) 야야. 먼지 봐라. 청소는 마…

지영   (말을 끊으며) 매일 청소를 해도 낡은 주택이라 먼지가 자꾸
들어오네요. 어머니.

월례   야가 뭐라카노. 청소라 카는 것은 매일 한다고 되는 기 아
니다. 더러워졌다 하면 하루에도 열두 번을 해야 되는 기
라. 여자가 그리 안 부지런하만 집안 거지 꼴 난다. 남자가
일하고 집에 탁 들어오만 깨끗하고 편안케 해나야 되는
기라. (한숨을 쉬며) 우리 아들이 얼매나 깨꿀맞은데.

지영   (월례가 가져온 걸 아무렇게나 싱크대에 넣으며) 영진씨는 자기 몸
하나밖에 몰라요. 자기는 그렇게 깔끔하게 하면서 집안일
은 손톱 끝도 안 움직이는데. 저도 직장 생활하는데 혼자
매일 집안일 다하는 게…

월례   (답답하다는 듯 며느리 뒤통수에다가) 그러길래 누가 직장 다니
라 카더나? 들어앉아 아나 빨리 안 놓고. 그라고 우리는
마 밭일 논일 다하고도 집에 와가 집일도 반들반들 해놓
고 살았다. 너거는 밖에 일 쪼매만 있으마 집안은 엉망이
돼도 괜찮은 모양이제. (소파에 털썩 앉으며) 내 잔소리 같
지만 다 새겨두거라. 나중에는 약이 될 끼다! (가방에서 약제를
꺼내며) 이번에 내가 와 갑자기 왔는 줄 아나. (약제를 지영에

11

게 보이며) 이것 때문에 안 왔나.

지영   아니 그게 무슨 약이에요? 영진씨 보약이에요?

월례   영진 보약은 얼마 전에 안 먹었나. 그라고 내 4년 동안 지켜 보이께네, (조금 뜸들이다) 암만 해도 문제는 니한테 있지 싶다. 니 기분 상할까봐 내색은 안 했지만 우리 아들이야 어릴 때부터 튼실해가. 음. 그 뭐 사내구실은 따논 당상일 긴데 지금까지 아가 없다 카는 거는…

마음 속 장면.
지영은 약을 휙 집어서 일어난다. 지영의 마음 속 이야기를 보여줄 때 월례는 정지 동작이 된다.

지영   (약을 보고서 쓴웃음을 짓는다) 사내구실은 따논 당상이라구? 그렇지 힘도 못써서 빌빌거리는 사람은 아니니까. 아니 오히려 밝히는 편이지. (약을 놓으며) 이까짓 약을 무슨 소용이야. 약만 먹으면 저절로 애가 생긴다나. (좋지 않은 기억을 하듯 이맛살을 찌푸리며) 보약 먹고 날짜 꼽아 기다리고 있는 내 꼴이라니 후, 먹이 줄 주인은 생각도 없는데 개집 앞에서 재롱떠는 망아지 새끼와 다름없었지. (월례를 보며) 헛일이에요. 이런 거.

다시 원래 자리로 돌아와 앉아 있는 지영. 월례는 정지 동작을 풀고 이번에는 월례가 마음 속 이야기를 하고 지영은 정지 동작이 된다.

월례 (약을 소중히 들고서) 저번처럼 이번에도 먹었다 말았다 하기만 해보거라. 내 단단히 맴 먹고 왔는디. (지영을 보고) 아이구 아는 멀쩡하게 생겼는지 우째 저리 힘맥아리가 없겠노. 부부 잠자리가 시원찮나. 쯧. 물어볼라 캐도 며느리가 되서 낯부끄러워 그랄 수도 없고. (다시 약을 보며) 그래도 세상 좋아졌데이. 시에미가 이런 것도 챙기주고. 옛날 같으만 이리 오래 아가 안 들어서면 당장에 내쫓길 텐데. (좋지 않은 기억을 하듯 이맛살을 찌푸리며) 씨받이라고 참내 집에만 안 데리고 왔제. 씨받은 년이 어디 한두 명 일라고. 그때 우리 영진 안 들어섰으만. (다시 지영을 보며) 보거라. 이래 챙기줄 때가 좋은 기다. 여자 팔자 버림 받으만 개똥도 안 되는 기제.

월례와 지영 다시 동작을 풀며 그 전 상태에서 이어 간다.

월례 우째던지 간에 이번 참에 내가 경주 가서 용하다 카는 한약방에서 지은 기라. 니 저번에도 묵다 말다 하는 거 같아가 내가 마 직접 달이 먹일라고 이리 안 왔나.

지영 (기가 막혀서 월례 곁으로 바싹 다가가며) 예? 어머니. 저 그럼 이 약 다 먹을 때까지. 아니. 저 제가 이번에는 꼭 다 먹을게요. 어머니. 수고스럽게 그러실 필요 없으세요. 그냥 며칠

13

푹 쉬시다가 가시면…

월례 일없다. 내가 쉴 데 없어 여 왔는줄 아나. 약이 보름치니까
그런 줄 알거라. 약탕기 어디 있노. 약은 정성인기라. 내가
알아서 다릴 테니까 니는 가만 있거라. (일어나서 주방 쪽으로
간다.)

지영은 울상이 되어 서 있다. 암전.

[장면 2]
중앙에 젊은 날의 월례가 뒤로 앉아 있다. 어깨에는 맞은 흔적이
있고 머리도 산발이다. 남편이 소리 지른다.

영진父 등신 같은기. 여편네가 어디서 말대꾸 해쌓노. 하늘 같은
서방한테. 나가뻐라. 더 디지기 전에.

문 닫는 소리와 아이 우는 소리 들린다.

제2장

시계 소리 11번 울린다. 지영 살금살금 들어와서 집안을 살핀 후
한숨을 쉬며 방으로 들어가려는데 뒤에서 월례가 나온다.

월례 지금 들어오는기가 (불을 켜고 시계를 본다.) 야가 지금 시간이. 어이구마 11시가 넘었네. 뭐하고 지금 들어오노.

지영 죄송해요. 어머니 오늘 회사 회식이었어요. 그래도 저는 일찍 빠져 나온 거예요. 다른 사람들은…

월례 그걸 말이라고 하나. 그라마 가정 있는 여자가 끝까지 있을라 캤나. 지금도 오밤중인데 더 늦을라고 폼 잡았단 말이가. 야가 큰일날 아네. 우리 아들이 아직 안 왔으이 망정이제. 남편보다 늦게 다니는 마누라가 어디 온전한 마누라가. 뭐이뭐이 해도 집이 우선인기라 여자한테는

지영 (발끈하며) 어머니. 여자도 직장생활 하면 남자하고 다른 거 없어요. 여자라고 봐달라고 하다간 직장에서 쫓겨난단 말이에요. 저도 늦게 온 건 잘못이지만 할 수 없었다구요. 그리고 영진씨도 늦게 오는데.

월례 (화를 버럭 내며) 여자하고 남자하고 어디 똑같나. 아이구 이라께네 내 아들이 집에 취미가 없제. 내가 있어도 이런데 평상시에는 우짜겠노. 니가 아 안 놓는건 니 마음대로 다닐라꼬 카는 거 아이가. 우리 아들이 낙이 없것다. 낙이 없것어. (주방으로 가서 싱크대에 있는 소주를 갖고 온다.)

지영 따라가서 술상을 봐주려고 하자. 월례는 횡하니 소주와 소주잔만 챙기고 거실로 간다.

월례 (소주를 한잔 들이키며) 하나부터 열까지 냄편한테 다 당할라

카만 시끄러워서 우예 사노. 지는 놈이 있어야 가정이 편 채. 성깔 죽일 땐 죽이야제. 다 그카고 사는데.

이때 지영의 핸드폰이 울린다. 지영은 월례 눈치를 보며 핸드폰을 받는다.

지영 여보세요. 안 들어오고 뭐해요? 어머님 옆에 계세요. 아직 안 주무시…

월례 영진이가? 이리 줘봐라. (전화기를 빼앗듯이 바꾼다.) 내다. 그래. 벌써로 자기는. 암만. 일이 있어마 늦게 올 수도 있제. 그래. (지영을 흘낏 보며) 내는 다 챙겨 묵었다. 걱정하지 말거라. 이날 이때까지 남한테 밥상 받아 묵고 살았나. 니는 우쨌노, 아무리 바빠도 속이 든든해야 하는 기다. 니는 우리 집안의 가장 아이가. 그래 일 다보고 조심해 들어오니라. 오야. (지영에게 핸드폰을 건네주며) 야가 이래 고생해가 우야노.

지영 (어머니를 잠시 어이없게 보다가) 그러게 말이에요. 어머니, 힘을 다 쓰고 다니니 안쓰럽네요. (약간 비아냥거리는 말투) 과일이라도 좀 깎을게요. (주방으로 가서 과일을 깎는다.)

월례 참 니 낮에도 약 챙겨먹었나. 꼬박꼬박 안 묵으면 효과 없데이. 알제? 야야, 그만 깎아라. 내는 깡소주로 마시는 기 버릇이 되나가. 이리와 보거라.

지영 (과일을 갖다놓으며) 그래도 좀 드세요, 그냥 술 드시면 해로워요. (술 한잔 따라주며) 저 옷 좀 갈아입고 올게요. (일어서 방

16

(으로 간다.)

월례 (술 한잔하며) 저리 눈치 없기는… 소주에 과일이 뭐고, 찌개라도 좀 끓이지. 저리 사람이 차 가지고 어디 정 붙이겠나. 시어메가 술을 한잔하만 옆에 앉아가 이런저런 이바구하만 얼매나 좋노, 뚱하이 있으니 재미가 없다 카이. 여우같은 며느리는 봐줘도 곰 같은 며느리는 못 봐주겠다 카더니 꼭 그 짝인 기라. (담배를 꺼내물며) 곰살거리는 거는 안 바래도 눈길은 줘야 안 되나, 저라이 우리 아들이 힘 못 쓰제. 하늘을 봐야 별을 따제. (술 한잔 따르다가 픽 웃으며) 참 내, 지금 누가 누구 말하노, 내 애교 없다고 영진 아버지한테 그래 타박 받고 살았으면서, 그때는 내가 미쳤제. 뭐 그리 기죽을 게 많아가 싹싹 빌면서 살았겠노, 지금 같으면 어림없제. 암. 떡뚜꺼비 같은 아들까지 낳았는데, 누구 눈치 볼끼고…

노래를 한다. 연분홍 치마가~~
지영 씻고 들어와 월례 노래소리를 듣고 서 있다.
월례소리가 커지자 월례 곁으로 온다.

지영 어머니, 밤이 깊었어요. 여기는 시골하고 달라서, 죄송하지만…

월례 (노래를 멈추고) 알아따. 그만 하꾸마. (지영을 보며) 그리 서 있지 말고 이리 와 앉거라, 내가 어디 객이가 뻔보고 서 있구로, 니 그라만 안 된다. 니도 자식 하나 보만, 아이고 내가 말을 말아야제, 듣지도 않을 아한테.

지영 (앉으며) 어머니, 저도 다 알고 있어요. 탐탁치 않겠지요, 제가… 하지만 저라고 애를 원하지 않겠어요? 어머니는 (조금 망설이다가) 사실은 저희들… 아니에요, 노력하겠어요.

월례 (의미심장하게) 와, 너거들이 어떤데, 우리 아들이 잘못하는 거 있나, 가만큼 자상한 아가 어디 있노.

지영 남들한테는요, 나가면 영진씨 보고 다 칭찬하죠, 매너 있고, 붙임성 있다고. 하지만 집에 들어오면 말 한마디 없어요, 사실, 어머님께도 버릇없이 굴 때 있잖아요? 어머님이 너무 오야 오야 하시니까….

월례 자가 그래도 속은 안 그런 기라. 니는 니 냄편 그리 모르나, 외아들로 자라가 고집은 좀 있지만서도 다 여자가 보듬어야제. 그라믄 가도 잘할 기라.

지영은 약하게 한숨 한번 쉰다.

지영 예. 제가 잘해야죠.

월례 (불안하게 지영을 본다.) 그래. 그래 마음먹으면 만사가 좋은 기라. (담배를 들다가 조심스럽게) 니 행여 담배 피우나.

지영 (깜짝 놀라며) 아니, 아니에요. 어머니 제가 감히…

월례 아이면 됐고, (담배를 끄며) 내 실은 니 방 씨레기통에서 루즈 묻은 담배꽁초를 봤다 아이가. 그래가 아 놓겠나, 뭐 어쩌다 속상해가 한 개피 피아따카믄 다행이지만.

지영 (담배를 한 개피 들고 베란다로 가서 불을 붙여 맛있게 피운다) 언제부터였지? (담배를 보며) 얘가 내 친구가 된 지. (무언가 생각난 듯 고개를 끄덕이며) 그래. 그때부터였을 거야. 그렇게 만신창이가 되었어도 누구에게 말할 수도 보일 수도 없었던 밤. 그 밤을 꼬박 하얗게 새우면서 가슴으로만 삼켜야 했을 때. (담배를 보며) 이것도 같이 삼켰었지. 그런 밤이 점점 많을수록 내 손엔 끊임없이 담배가 들려있었다. 어쩌면 이젠 끊을 수 없을지도 몰라. 이건 그냥 담배가 아니거든. (담배를 끄며) 얘가 없어도 좋을 그런 밤을 갖고 싶어. (월례를 보며) 당신은 왜 담배를 피우시나요? 저처럼 그래서 배우신 건가요?

지영 다시 돌아와 앉아 있고 정지 동작. 월례는 담배를 만지작거린다.

월례 아이구 괜히 말 꺼냈나. 자가 민망스럽구로. 아이다. 잘 말했다. 이참에 가슴이 뜨끔거리가 더 이상 안 해야제. (담배를 보며) 이놈은 참 이상치. 아무리 맴이 부글부글 끓어도 이놈만 입에 탁 갖다대만 쑥 갈아 앉는기 어쩔 때는 사람보다 나은 기라. 하루에도 열두 번 목숨을 놓고 싶을 때도 이놈이 있어 갖고 쪼매씩 견딜 수 있었제. (지영을 보고) 그래도 안 되제. 자는 아직 젊고 아도 낳아 되고. 그란데 자

19

얼굴에 수심이 가득한 게. 시집을 때보다 많이 세들해졌데이. (가서 지영의 얼굴을 더 자세히 보며) 사실 우리 아들이라 말은 못하지만 가가 쪼매 까다롭고 집사람한테는 찬 편일기라. 저거 아부지 닮아가꼬. 밖에 나가만 한량이고. (지영을 보며) 그래도 우야겠노. 니가 맞추가 살아야제.

월례는 다시 제자리 와서 담배에 불을 붙인다. 다시 이어진다.

월례   (훅하고 연기를 내뿜으며) 그래마 나도 이거 배아가 하고 있지만서도 한 개도 안 좋데이. 여자가 담배 피운다는 거는 고로울 때가 많은 거지 싶다. 고롭다고 자꾸 의지해사마 더 헤어날 수 없데이, 끊어삐라.

지영   …

이때 초인종 소리 들리고 둘은 동시에 출입구 쪽을 본다. 시계소리 한 시를 울린다.
암전.

[장면 3]
월례, 초롱불 밝히고 바느질하고 있다. 부엉이 소리 들린다.
문밖을 살피다가 방구석에서 소주병을 꺼내 한 모금 마신다.
남편의 술 취한 소리가 들린다.

영진父	봐라, 디비자나, 서방이 왔으만 냉큼 안 나오고 뭐하고 자 빠졌노.

월례 황급히 소주를 숨기고 일어선다.

제3장 – 월례와 지영의 일상

지영은 베란다에 화초를 보며 월례를 보지 않고 혼잣말처럼 중얼 거린다.

지영	화초가 자꾸 시들해져요, 저번에도 죽었는데… 저는 화초 키우면 안 되나 봐요.
월례	화초도 생명인데 지 아껴주는지 버려주는지 다 아는 기 다. 갔다 놓고 보기만 하는 기 아닌 기라. 생물은 물도 주 고 햇빛도 비치고 쓰다듬고 매만지고 해야제.
지영	이 화초마저 죽으면 이제 그만 키울까 봐요.
월례	아직 죽지도 않았는데 무슨 소리고, 들으마 섭할 끼다. 정 성 들여봐도 안 되만 인연이 아니겠지만서도 끝까지 가꾸 어야제.

월례는 TV 보고 있고 지영은 청소기를 돌리고 있다. 청소기 소리 가 시끄러운지 월례는 TV 소리를 더 크게 한다. 지영은 개의치 않

고 청소를 한다. 짧은 반바지 차림이다.

월례 그 참 시끄럽구만, 야야 꼭 그거 써야 되나. 소리 윙윙대제. 전기 값 나가제. 끈 달고 무겁게 왔다 갔다 해야되제, 빗자루로 싹싹 쓸어갖고 걸레로 빡빡 닦으면 얼마나 개운한데 그참.

지영 (계속 청소기를 돌리며) 이게 더 깨끗하게 청소돼요, 먼지를 진공으로 다 흡수하니까 먼지도 안 날리죠, 구석 구석 흡입하죠, 그리고 전기도 많이 안 들어요, 요즘은 절전형이 나와서요. 어머니는 그냥 가만히 계세요, TV나 보시면서요.

월례 (짜증스럽게) 보게 해야 보던지 말던지 하지, 그라고 니 어디서 배운 버릇이고, 내가 한마디 하면 말 떨어지기 무섭게 톡톡 받아쌓고 말이다. 와 멀떨어지만 깨진다 카더나.

지영 (여전히 청소기 돌린다)

월례, 일어나서 코드를 뽑는다. 그러나 여전히 돌아가는 청소기. TV 코드를 뽑은 것이다.

월례 (민망하지만 헛침침 한번 하고) 줄이 와 이래 많노, 불 나겠다. (TV 코드를 꽂고 청소기 코드 뽑는다) (다리 들어주고는) 내사마 공일에는 저 농장 일기 보는 재미로 텔레비 안보나 저봐라. 참 용테이. 나이 저래 무도 시에미한테 하는 거 봐라. 그 밑에 며느리들도 줄줄이 효고 저 집 큰 며느리는 대핵까지 나오고도 찍 소리 안하고 촌살림 다 맡아가하는 기 진짜로 맏며느리감인기라. 맏며느리는 하늘이 낸다카더니 그 말이 참말이다.

지영 (걸레질을 다하고 허리를 펴면서 tv를 흘긋 보고) 드라마니까 그렇죠 어머니, 저렇게 모범가정을 꾸며 보여주면서 집안의 화목이 최고가치라고 시청자들에게 선전하는 거예요. 그 테두리를 벗어나면 큰일 날 것처럼. 매일 그 이야기가 그 이야기지만요.

월례 뭐캐쌌노. 니는 어려운 말 자~알 써서 좋겠다. 니 테레비보다 잘났나? 텔레비에서 비미 좋은 거 보여주겠나. 다 배워서 쓸데 있으이 저리 오래오래 하는 거지. 니는 삐딱선 탔나 보데이. 바른 말하면 옳다구나 하만 되제. 쯧.

지영 일어나서 베란다로 가서 빨랫감들 가지고 온다.

월례 빨래도 낮에 해야제. 밤에 무신 청승으로 하는 거 모르겠데. (빨래를 뒤척이며) 봐라. 눅눅한 거 안같나.

지영 (다림판과 다리미를 가져오며) 직장다니는데 언제 낮에 해요. 퇴근하자마자 해놔야죠. (다림판을 펼치고 옷을 펼친다)

월례 와. 내가 집에 있으면서 안 빨았다고 눈치 주는 기가. 빨래를 쳐재놓으니 찾을 수가 있어야제. 이리 도고. 영진이 옷은 내가 다릴 테니까네 (지영에게 다리미를 건네받으며) 오랜만에 우리 아들 옷 좀 다려보제이. (다림질을 하면서) 봐라. 남

정네 옷은 언제나 반들반들 해야 되는 기라. (옷깃을 보며) 야야 때가 덜 갔네. 그 세탁기로 후루룩 돌리지 말고 손으로 꼼꼼히 빨아야제.

지영　(나머지 옷을 개키며) 일일이 손빨래할 틈이 어디 있어요. 그래도 속옷은 다 삶으니까 너무 걱정하지 마세요.

월례는 와이셔츠 다 다리고 속옷도 다리려고 한다. 지영은 민망한지 속옷을 안 주려고 하지만 결국 월례는 뺏다시피 가져와 다린다.

지영　어머니 속옷도 다리세요? 속옷은 그냥 뽀송뽀송한 게 나은데.

월례　내는 영진이 속옷을 옛날부터 다 다려 입혔다. 가도 참 수더분해진 기다. 니가 이래 줘도 입고 다니는 것 보이께네. (즐거웁게 다림질하고 개키며) 내는 니 시아부지 먼저 보내드리고 낙이 영진이 뒷바라지 하는 거였데이. 뭐든지 (타령조로) 좋은 거 보만 우리 아들 해주고 싶고 맛난 거 있으마 우리 새끼 입안에 놓아주고 싶었는 기라. (지영을 슬쩍 보며) 내 잔소리 좀 있는 거 안다. 그란데 우짠지 니가 내 아들 소홀히 하는 것 같아 입 안 델 수가 없구나. 그래 정성들여 키워났는데 지 마누라한테 대접 못 받는 거 같아 성이 안 차는 기라.

지영　(개킨 옷가지를 바구니에 담으며) 어머니, 저는 자식이, 자식이 없어서 그런지 몰라도 외람되지만 자식은 무조건 예뻐하며 키우는 건 아니라고 봐요. 영진씬 지금도 말 한 마디만 하면 뭐든지 뚝딱 나오는 줄 알고 손가락 하나 까딱 안 하죠. 어머님이 너무 잘 해주셔서 제가 하는 게 불만인가 봐요. 저 나름대로 한다고 해도 어머님이 하시는 거 따라갈 수 있겠어요. 저는 어머님과 다른데…

월례는 그새 베란다에 가서 화초에 물 주고 있다.

월례 야야. 요것이 와이라 시들시들 하노. 아이구, 불쌍쿠로.

지영 (주방쪽으로 가며) 화초가 자꾸 그러네요. 저번 것도 죽었는데. 저는 화초 키우면 안 되나 봐요.

월례 (정성껏 화초를 닦아주며) 이것도 생명인디 지를 아껴 줘야 잘 자라제. 갖다놓고 보기만 하면 안 되는 기라. 생물은 물도 주고 햇빛도 받게 하고 쓰다듬고 매만지고 해야제.

지영 (설거지 그릇을 닦으며) 그 화초마저 죽으면 이제 그만 키울까 봐요.

월례 (화초 손질을 끝내며) 쉿! 말조심 하거라. 아직 살아 있는 거한테. 들으마 섭해 한데이. 정성들여 봐도 안 되만 인연이 아니겠거니 하지만서도 끝까지 가꿔 봐야제. (거실로 오다가 싱크대에 서 있는 지영의 짧은 반바지를 본다) 야야 옷이 좀 상그랍데이. 아무리 집안이지만 허옇게 다리 다 드러내놓고.

지영 (계속 일을 하며) 요즘은 다 이렇게 입어요. 어머니. 그리고 실내복인데요 뭐. 외출할 때는 점잖게 입으면 되죠. (쓰레기

봉투를 들고 나가려 한다)

월례 어디 갈라카노. 봐라. 그래 갖고 나간단 말이가. 차라리 내
가 갖다 오꾸마. (쓰레기봉투를 빼앗는다)

지영 (다시 쓰레기봉투를 빼앗으며) 놔두세요. 제가 가면 돼요. 이 정
도 차림은 누구나 입고 다닌단 말이에요.

쓰레기봉투를 서로 뺏다가 쏟고 만다.

월례 (기가 차서) 야가 고집이 와 이래 세노. (쏟아진 봉투를 지영에게
던지며) 아나. 니 고집대로 돼뿌라. 저카이 우리 아들이 얼
매나 힘들겠노.

지영 (쓰레기를 다시 주워 담으며) 제가 관두시라고 했잖아요. (쓰레기
를 주워 담고 나가버린다)

월례 (현관 쪽을 보며) 그란데 자가 부쩍 짜증이 늘었데이. 뭔 일
있나.

월례가 다 닦아 놓은 곳을 다시 닦는다. 지영은 들어와 그런 월례
를 못 마땅하게 보다가 그냥 식탁으로 향한다. 식탁에 앉아 서류
를 꺼내든다. 일거리를 펼쳐놓으려 한다.

월례 (지영을 향해) 집에서도 일하나. 뭔 일이 그래 많노. (조금 다정
하게) 니도 힘들긴 하겠데이. 어서 아 놓고 집에 들어앉아
야제. (지영의 눈치를 살피다가) 봐라 아가야. 너거⋯ 무신 일

있나. 내 요 며칠 있으보이께네 너거 둘 사이가 예전만 못하더라. 신랑 각시 안 같고 너무 덤덤한기. 솔직카니 영진이도 너무 밖으로만 도는 것 같아 자꾸 맴이 쓰인다. 오늘도 공일인데 회사에 갔뿌꼬. 내한테는 소원하니 말이다. 맨날 저리 늦는 기가. 일이 바뻐만 할 수 없지만서도 그래도 쪼매 이상하데이

지영　(말없이 서류정리를 하고 있다)

월례　말해보거라. 내가 보이 니가 쪼매 답답다. 남자는 여자하기 나름인디 니는 냄편한테 애교도 안 부리고 행동도 뚱한 것 같아 속이 타는 기라. 그카만 싫은 소리 듣는다. 하고 싶은 말 있으만 가슴에 꾹꾹 담아놓지 말고 조금씩 드러내기도 해봐란 말이다.

지영　(일손을 놓고 식탁 모서리만 만지작거린다. 그러다 나직이) 어머니. 제가 답답하시죠? 전 어릴 때부터 누구하고 어울려 살아본 적이 없어 사람들과 쉽게 잘 섞이지 못해요. 부모님은 가게일로 바쁘고 동생은 몸이 약해 외가댁에 가 있고 해서 마음은 그렇지 않은데… 잘 안 되네요. (고개 들고 짐짓 꾸민 듯 밝게) 별일 없어요. 그냥 그이가 요즘 바쁘고 피곤해서 그럴 거예요. 어머니 계시는 동안 맘 편히 해드려야 하는데…

월례　(다소 누그러진 목소리) 내는 괘않다. 그래. 니가 그카께네 한 마디하만 사실 맴이 안 차는 게 한두 가지가 아이제. 그래도 어디 부모자식 간인데 그걸로 꽁할 수야 있나. 며느리

도 자식인데 딸은 시집 보내만 남의 자식 되지만 며느리
는 우리집 사람 아이가. 친부모하고도 맴이 안 맞을 때가
있는데, 하물며 혼인해가 맺은 사인데 우예 다 좋겠노. 서
운해도 쏘매씩 이해해보자. 그래도 그럭저럭 4년이 다 되
가이 앞으로는 더 나아지겠지.

지영   예. 어머니.

월례   오야. 일하거라.

지영, (일거리를 다시 정리하며 문득 월례를 본다. 무료하게 TV를
보는 월례의 뒷모습이 쓸쓸해 보인다.

지영   (측은하듯이 월례를 보다가) 이젠 많이 늙으신 거 같아. 결혼했
을 때는 그렇게 무서울 정도로 정정하시더니. (일어나 월례
에게 가서 어깨를 만지며) 어머니 어깨가 이렇게 좁았었나. (손
을 들어 보이며) 윤기도 하나 없고 (쓸쓸히 웃으며) 그리고 보니
이렇게 손을 잡아보는 게 처음이군. (월례 얼굴을 보며) 영진
씨가 어머니를 많이 닮았네. (눈곱을 닦아주며) 우리 엄마와
도 닮으신 것 같고. 왜 난 한번도 어머니를 유심히 보지 못
했을까? 그냥 어렵기만 하고 (월례를 보며) 어머니는 내 얼
굴을 어떻게 생각하실까? 예쁘다고 말씀하실까? 아님…

다시 자리로 가서 앉는다. 정지동작. 월례 슬쩍 뒤를 돌아보며.

월례   자도 피곤하겠데이. 밖에 나가 일하고 들어와가 일하고…
일하는 기 달라 그렇제 우리하고 다를 거도 없네. (TV 보며)
하기사. 자 말도 틀린 건 없데이. 똑같이 공부해갖고 여자
는 똑똑하만 욕먹고 남자는 대우받고. 그래도 어쩔 수 없
제. 아직까지는 그런 세상이까네. 나중에 세월이 더 지나
가고 다른 세상이 되만 할 말 하고 살겠지만. 니가 내나 국
으로 죽으로 입 다물고 있는 게 점수 따는 데 우짜노. (지영
에게 가서 머리를 매만져 보며) 시집올 때는 하도 고와가 설거
지나 제대로 하고 살까 했는데 인자는 보까네 까칠까칠해
졌뿟네. (자세히 보며) (고개를 끄덕이며 지영을 보고) 우리 딸아
가 컸으만 이래 안 생겼겠나…

지영   (일거리를 가방에 집어넣고) 어머니.

월례   (TV보며) 와.

지영   (일어서며) 심심하시죠? 우리 고스톱 한판 할까요?

월례   (갑자기 화색이 돌며) 아이구 좋제. 그란디 니 일 더 해야 안
되나. 내는 괜않다.

지영   (웃으며) 다 했어요. 남은 건 내일 회사 가서 하면 되구요.
화투 가져올게요.

월례   (너무 좋아한다) 그래그래 어서 갖고 온나. 니 화투도 칠 줄 아
나. 그런 건 싫어할 줄 알았는디. 집에 화투짝도 다 있나.

지영   (화투를 찾으며) 그럼요. 어머니. (화투를 갖고 오며) 저도 좋아
해요. 잘 치지는 않아도. 두 번 집들이하면서 다섯 모나 있
어요. (다림판을 끌어다 화투판으로 한다) 어머니. 우리 내기해

요. 음… 점심 사주기 어때요? 저 절대 양보 안 해요.

월례   (화투를 섞어서 간추리며) 오야 오야. 그라자 큰소리치기는. 화투를 입으로 친다 카더나. 어서 판이나 벌리자. 낮장밤일이데이. 닛겨라.

지영   (화투를 펼친다) 제가 선이네요. 합니다.

월례   뭐뭐 있노? 보자. 우리 마실에는 피박 광박 싹쓸이 다 있는지.

지영   좋아요. 다 있다 하세요. (화투를 친다) 와 쌍피가 붙었네.

월례   내는 더 좋은 거 있다. (화투를 치고 펼친다)

지영   어머나 어머니 싸셨네요.

암전.

[장면 4]

매미소리 지독히 들린다. 만삭이 된 몸으로 땀을 뻘뻘 흘리며 쭈그리고 앉아 밭일을 하던 월례는 일어서서 집으로 간다. 집에 가자마자 시어머니가 한 소리 한다.

월례시어머니   야야. 뭐한다고 꾸물거리다 오노. 얼른 저녁 짓거라. 아이구 느려터져서는. 쯧쯧.

제4장

조명 켜지만 지영 멍하니 앉아 있다.

잠시 후 월례 숨을 몰아쉬며 들어온다. 지영을 살피다가 털썩 주저앉는다.

월례 우짜노. 이를 우야만 좋노. (지영에게 조심스럽게 말을 건다) 아가. 보자. 많이 상했나. 영진이는 휭하니 붙잡아도 가버렸다. (지영이 얼굴을 든다. 상처가 있다) 아이구 이게 뭐고. 약이라도 발라야제. (일어난다)

지영 (나지막이) 관두세요. 어머니.

월례 (도로 주저 앉으며/약을 가지고 오며) 언제부터 저랬노. 응. 언제부터 우리 아가 니한테 손을 댔노. 니가 우짜는데 자가 저리 됐노 말이다.

지영 (서서히 고개 들며) 제가 어쩌다니요? 어머니. 제가 어쩌다니요… (흐느낀다) 그래요. 설령 제가 나빴다 해도 사람이 사람한테 이럴 수는 없어요. 언제부터냐구요? 신혼 초가 지나면서부터 이랬어요. 어머니 아들은… (격하게 나오는 감정을 씹으며) 영진씨 그럴 때는 저를 사람으로도 안 보는 것 같다구요.

월례 (지영의 손을 잡으며) 니가 참거라. 지도 속으로는 후회할 끼다. 밖에서 안 좋은 일 있을 땐 마 욱해도 피하거라. 내가 알아듣게 잘 말하마 뉘우칠 끼다. 그라이 니도 남편이 화

31

내마 입 꾹 다물고 있는 게 상책이데 대들어사봤자 니마 손핸 기라.

지영 (손을 뿌리치며) 저도 처음에는 그렇게 했어요. 제가 어떻게 했는 줄 아세요 어머니. 무조건 빌기도 했구요. 피해서 다니기도 했다구요. 맞고 난 뒤 사과하면 용서하고 그렇게 지내 왔다구요. 어머니. 왜 아이를 안 가지냐구요. 왜 약을 게을리 하나구요. (훅 숨을 들이킨다) 약 먹으면 뭐해요. 그이는 절 거들떠보지도 않아요. 그 사람 지금 여자 있어요. 여자가 있다구요.

월례 뭐. 씨앗을 봤다꼬. 설마 니가 잘못 안 거제.

지영 주저앉은 채 히스테릭하게 운다.

지영 그래도 난 기다리면… 그러니까 오히려 절 무시하고… 이렇게 안으로 소박맞으며 살면서도… (휴지로 코를 푼 뒤 다소 진정하며) 아니에요, 어머니. 그냥 제 생각이에요. 그냥 제가 못나서 그런 거예요.

월례 행여나 영진이가 여자가 있다 캐도 그건 그냥 바람인기라. 개이치마라. 남자들은 조강지처 있어도 한번씩 한눈판다 아이가. 그카다가 시들해지만 집에 들어오게 돼있데이. 그라이 니도 섣불리 굴지말고 니 그래라 카면서 기다리만 되는 기다. 그라만

지영 그러면 다 해결 되나요? 제가 딸이었어도 그렇게 말씀하

실 수 있어요? 그렇게 기다리다 저는요. 다 늙고 난 뒤 제 인생은요? 어머님이 그이를 이렇게 키우신 거라구요. 아들은 남편은 하늘이다라고 가르치신 거예요. 그러니 자기가 최고고 자기밖에 모르고 있단 말이에요.

월례 (억장이 무너지듯) 니 그기 무신 말이고. 내가 너거들 사이 나쁘게 했단 말이가. 니가 우예 우리 사이를 안다 말이고. 내가 우째 살았는데. 그 세월을 감히 니가… (말을 잇지 못한다)

지영 모르죠. 몰라요. 제가 어떻게 어머님과 그이의 모든 것을 알겠어요. 그 지난한 일들을요. 하지만 이거 하나는 몸으로 알 수 있어요. 그이는 어머니를 통해 세상 여자들을, 자기 아내를 보고 있다는 거예요. 희생하고 인내하는 사람으로 우리들을 보고 있단 말이에요. 불행히도 전 그렇게 원하는 대로 되고 싶지 않구요.

월례 니는 아무 잘못도 없는데 이래 됐단 말이가. 니는 다 잘했고 우리 아들하고 내가 니를 몰아세웠단 말이다. 아이구. 니 그카지 마라. 이 세상 어느 에미가 자식 못되길 바란단 말이고. 말이 나온 김에 다 했뿌자. 니 시집와가 내하고 니 냄편 비위 제대로 맞춰준 게 뭐 있노. 니 돈 번다고 그카나. 아니만 우리 모자 무시하는 기가. 너거 집은 뭐 볼 게 있다고! 술집 해가 벌은 돈으로 공부 하나 시킨 게 뭐 대단타고 말이다.

지영 그래요, 우리 부모님 술집 해요. 술집 딸이라고 어머님 처음부터 절 못 마땅해 하신 거 다 알아요. 하지만 전 그래도 우리 부모님 존경해요. (차갑게) 어머니. 그거 아세요. 영진씬 어머닐 창피해했어요. 아버님이 어머니를 구박하고 때리신 것도 다 어머님 잘못으로 여기는 것 같았어요. 어머님이 참고 사신 걸 당연하게 여겼다구요. 그러니 저한테…

월례 (갖고 있던 약봉지를 던진다) 그만. 그만 하거라. (멍하니 서서) 가가, 가가, 가가 그카더나 우리 아들이 그카더나?

침묵.

지영 (떨리는 목소리로) 죄송해요, 어머님. 진심이 아니었어요. 제가 잘못했어요. 그이 말이 아니에요. 그인 효자예요. 언제나 어머니 걱정을… 죄송해요. (돌아서 한쪽 구석으로 간다)

무대에는 두 명이 따로 공존한다. 월례는 구석에, 지영을 베란다에 각각의 조명을 받고 있다.

월례 (담배를 꺼내 문다) 난 니 말 안 믿는다. 내 자식이 내를 그렇게 볼 리 없데이. 내가 우째 키웠는데. 냄편한테 사랑 못 받아도 가가 있어 참을 수 있었고. 먹고 살기 막막해도 가가 있어 뭐든지 다 할 수 있었다. 시집온 첫날부터 지금까지 내 손 안 놀리만 밥 한 술 못 얻어먹는 팔자라도 가가 있어… 죽은 양반 제사 지내주며 그리 날 구박했어도 우리 영진이 있게 해준 것만 고마워서 끽 소리 못했는디.

지영   (화초를 쳐다본다. 물을 주며) 어머니. 용서하세요. 당신의 적이
제가 아니듯 저의 원망도 당신이 아닌데도 그렇게 말해버
린 절 용서하세요.

월례   (담배에 불을 붙이며) 그렇지만서도 니는 하나만 알고 둘은
모르는 기라. 암만 자식이 그칸다 캐도 나는 어민 기라. 자
식이 필요하다카만 웃으면서 몸뚱이 다 내어줄 수 있는
기 부모인 기제. 그게 부모 마음인 기제.

지영   (화초의 잎을 닦아주고 세우면서) 저도 살아보려고 몸부림쳤어
요. 포기하기도 하다가 지쳐갔어요. 그래서 서로 관심 없
이 살다보면 상처를 묻을 수 있을 것 같아 말없이 살아갔
는데… 그것도 잘못인가 봐요. 내 상처에 급급해서 당신
의 아픔은 차마 보지 못한 채 지낸 세월들이 자주 떠오릅
니다. 어머니. 전 이제 어디서부터 무엇이 어긋났는지 찾
고싶어요.

월례   (담배를 끄며) 그란데 이런 생각이 드는구만. 니는 내처럼 살
라카만 안 될 것 같은 생(싱)각 말이다. 우리 영진이 우리
아들 너무 미워 말거라 그놈아도 보고 배운 게 그거라서
그렇제. 어릴 때는 얼매나 착한 아였는디. 섭한 마음 들면
서도 니가 안스러워지는 거이 무슨 조화인지 내가 늙어
힘이 없어지는가 보데이.

둘이 서로 마주보며 암전.

[장면 5]

붉은 조명. 월례는 웅크린 채로 아랫도리를 감싸며 괴로워한다.

영진父 어이구 열불 터져서. 그 짓거리도 재미가 나야하제, 첫날
밤부터 노상 죽을듯이 쳐다보이 내가 짐승이가 잉!

월례 흐느껴 운다.

제5장

월례 전화기를 들고 베란다에서 거실 쪽을 보며 조심스럽게 전화
한다.

월례 (한 손을 막고) 봐라. 그라이 내 말 잘 해놓을 테니 오늘은 들
어오거라. 벌써 사흘째 아이가… 길들인다꼬 집에 안 아
마… 뭐라 카노. 니도 잘한 거 없데이. 아 말 들어보이 딴
맴 먹는다 카데. 아무리캐도 그건 안 된다. 조강지처 버리
마 벌 받는 기라… (점점 목소리가 커진다) 내때는 옛날인기
라. 너거 아버지 그카이 니는 보기 좋더나? 니는 그 본 안
따야제. 배울 걸 배우야제… (안색이 점점 창백해진다) 내가 아
부지 그래 맹글었다고? (목소리 떨린다) 다시 한번 말해보거
라. 내가 우쨌는데. 니 하나 보고 참고 살아온 기 이런 말

들어야 할 만큼 잘못된 기가. 다른 사람도 아이고 니가 내한테. (턱하니 숨이 막힌다) 내는 니 어미다. 어미가 돼갖고 자식 일 걱정하는데 내는 상관말란 말이다. 그게 본심이가. 응… 야야. 영진에. 영진에. 안 끊었제. 그래 바쁘다카이 이만 끊지만서도 오늘은 무조건 들어온나. 알것제. (힘없이 전화를 끊는다)

그새 거실에 지영이 가방을 하나 들고 서 있다.

월례 (놀라며 다가온다 가방을 보면) 이게 뭐고. 니 설마.

지영 어머니. 저 집 나가는 거 아니에요. 걱정하지 마세요. 단지 잠시만 시간이 필요해서요. 아주 잠시 동안만

월례 (가방을 뺏으며) 아가. 영진이가 잘못했다 카더라. 다신 니한테 손 안 댄다고 내하고 약속했다 아이가. 오늘 온다 카니까 니가 쪼매 봐주거라.

지영 (미소를 지으며) 고맙습니다. 어머니. 저 괜찮아요. 그리고 영진씨가 뭐라 했을지 저도 알만큼 알구요. 사실 영진씨 때문만은 아니에요. 저 자신이 지나온 세월을 너무 쉽게 놓친 것 같아 정리가 필요해서요. 그래서 시간이 필요한 거예요.

월례 (가방을 바닥에 놓으며) 내사마 니가 무슨 말하는지 무식해가 잘은 못 알아들어도 니 맴은 쪼매 알 것 같다. (며느리 손을 끌며) 그라마 내 부탁 하나 들어줄 수 있것나. 오늘은 내 술

동무 좀 해주마 안 되나. 내도 니 말마따나 정리할 게 좀
있데이. 늙은이도 맴이 있고 삼정이 있는데 내가 울릉증
이 생기가 견디기가 힘들데이.

지영　(말없이 월례를 보다가) 그레요. 어머니. 제가 흰 진 올릴게요.
대신 소주 말고 더 좋은 술 드시고 가세요.

월례　(손을 휘저으며) 아이다. 사람 속내 내비치기엔 쇠주가 최곤
기라. 오늘 내는 니하고 동무할라 안 카나.

월례와 지영은 말없이 술상을 본다. 지영이 이번에는 찌개를 끓
인다.

월례　이제야 안주가 제대로 되겠구만. 쇠주 안주에 과일은 영
아이다.

지영　(웃으며) 저도 알고 있었는데. 죄송해요 .어머니. 그날은 제
가 피곤해서

월례　아이구마 알았단 말이가. 니 억수로 (웃으며) 괘씸테이.

지영　맛있는 거 좋은 옷 제대로 해드리지도 못하고 속만 상하
게 하네요. 가만히 보면 전 정말 나쁜 며느리인 것 같아요.

지영 찌개를 들고 월례 쪽으로 온다. 월례는 그 사이 벌써 한 잔을
마시고 있다.

월례　(잔을 지영에게 주며) 자 니도 한 잔 받거라. 약은 이미 글렀

　　　　고. 괜찮으니 쭉 마시거라. 갑갑한 맴이 좀 가실 기다.

지영　　(받아서 조금 맛보고 놓으려 한다.)

월례　　다 비우라카이. 하기사 내도 술 처음 배울 때는 목이 타는 것 같더니만 그것도 홀짝홀짝 자꾸 마시께네 술술 넘어가더라. 니는 그러지 마라. 술에 버릇 들면 무섭데이.

지영　　예 어머니. (돌아서 다 비운다)

월례　　(안주를 주며) 그라고 속은 꼭 채우고 깡술은 (지그시 눈 감고) 깡술은 맴이 아파 못쓴다 아이가. (눈물을 훔치다가) 나도 한 잔 도고.

지영　　(한잔 따라주며) 어머니. 어머니. 젊었을 땐 참 고왔을 것 같아요. 그때는 참한 색시였죠? 화도 안 내는… (웃는다)

월례　　(곱게 흘겨보며) 야가 시에미 놀리나. (그려보듯이) 그래 그랬었다. 지금은 목소리 크고 잔소리 많은 늙은이지만서도 그때는 말도 조용히 했고 걸음도 얌전히 걷는 처자였제. 동네 총각 많이 따라다녔다 아이가. 내 이름이 와 월렌데? 월~례 예쁘다고 월례 아이가.

지영　　(웃는다)

월례　　와 웃노. 거짓뿌렁 같나.

지영　　아니에요. 말씀하실 때 표정이 너무 좋아서요. 처음 뵙는 것처럼 낯설면서도 너무 좋아서요.

월례　　그렇나? 내도 니 밝게 웃는 거 보이가 맴이 좀 놓인다. (한 잔 마시며) 너거 시아버지 얼굴도 모르고 박씨 집에 시집 와서 견뎌볼라고 이를 앙물었다. 그때부터 표정이 굳어

간 기라. 내도 홀어머니에 외아들 집으로 시집 안 왔나. 시
집와가 다음해 첫 딸을 낳았는디 딸이라고 몸조리도 올
케 안 하고 몸을 막 굴렸디만 젖도 안 나오고 해서 애 많
이 먹었다. 우리 딸도 어미 신세 가여웠는지 먹지도… 먹
지도 못하디만 멀리 가뺏는 기라. 딸이라고 맴놓고 울어
주지도 못했다 아이가. 그년이 (가슴을 치며) 이 명치끝에 항
상 매달려 있었쟀고… 그카고 삼 년이나 더 지나가 영진
이 들어섰다. 그나마 영진이 안 낳았으만 벌씨로 쫓겨났
을 기다. 그때까지 내 받았던 설움은 말로 다 못한다. (웃으
며) 씨받이라도 볼라 안했나. 내 니한테 카는 건 새발에 핀
기라. 아이다. 니한테 생색내는 기 아이고 우리는 그래 견
뎌왔다는 기다. 그 옛날에 시집살이가 왜 그리 맵던지. (지
영을 물끄러미 보며) 니 맴 내가 와 모르겠노. 나도마 영진 아
부지 살아있다면 이제는 그만 살고 싶었을 게다. 복 많제.
늘그막에 마누라한테 잔소리 안 듣고 큰소리나 치다가 일
찍 가뺏었게네. 아가. (침을 꿀꺽 삼킨다) 내는 그래도 니한테
갈라서라는 말은 몬한다. 우짜던지 우리 집 사람이 됐으
마 하는 기다. 그라다 보만 세월 지나고 우리 아들도 맴 잡
을 때가 안 있겠나 싶고 (술 한잔 따르며) 니 말마따나 니가
딸이라 캐도… 그래 딸이라 캐도 매한가지였을 기다. 내
살아온 날이 이 말밖에 못하게 하는 기라. (지영의 손을 잡으
며) 하지만서도 너거들은 우리하고는 뭔가 다르다는 것은
내도 느낀다. 오야 마 나중에 내 나이 되가 이래 와 살았겠

노 하는 말은, 하아. (눈시울이 붉어진다) 행여나 니가… 내 며
느리 안 한다 캐도… 니 원망 안 할 꺼구마.

지영 (월례의 손을 꼭 잡으며) 저는 저는 어머니 잘 살고 싶어요. 어
머니 저 그랬어요. 어릴 때부터 술집 딸이라고 사람들이
싫어할까봐 누구보다 반듯하게 사려고 애써왔어요. 결혼
할 때도 어느 가정보다 건실하게 꾸려야 된다고 다짐하고
다짐했죠. 영진씨가 한번씩 친정 흠잡는 것 같을 때는 교
양 있게 보이려고 점잖게만 행동도 했었죠. 시끄럽게 굴
면 술집 딸이란 소리 들을까봐. 그게 잘못된 것 같아요. 날
거짓된 행동 속에 가두어 놓고 있었던 게. 어머님 말씀처
럼 미련한 곰처럼 굴었어요. (일어서서 베란다로 가며) 하지만
이젠 내가 누군지, 무얼 원하는지, 어떻게 살 건지 스스로
판단할 때가 된 것 같아요. (화초를 본다) 어머. 살았어요. 어
머님이 살리셨어요. 이 화초처럼 전 제가 살려보겠어요.
허락해주세요. 어머님. (월례를 애틋하게 바라본다)

월례 (일어나서 짐 보따리 쪽으로 간다. 어깨가 흔들린다. 짐 보따리에서 주
섬주섬 복주머니 하나를 꺼내들고 지영에게 온다) (지영에게 복주머니
를 건네주며) 얘야. 이거 니 가지거라.

지영 (무언으로 복주머니를 받아들고 시어머니를 바라본다)

월례 (다시 술상으로 와서 소주잔을 만지며) 내 시집 올 때 친정 어무
이가 복 많이 담아 살라고 한땀한땀 지워주신 기라. 우리
친정이 찢어지게 가난해가 달랑 비단 저고리 한 벌 해주
고 남은 짜투리로 못내 가심 아파하시면서 만드신 게지.

41

그 비단 저고리는 시어머님 드리고 그거 하나 품고 살아 왔데이. 니가 우리 집 사람 됐을 때 줄라 캤지만 낡고 보잘 것 없어가 기냥 갖고 있었던 기다. (술을 털어 넣는다) 그린데 이제 니가 길 떠날라 카께네 주고 싶은 맴이 드는 기 우습제. 내 또 늙은 소리 한 마디 해도 되겠나. 여자는 이 복주머니에 복을 하나하나 담듯이 지 복은 지가 채우는 기다. 남이 보마 넝마 같아도 복이 꽉 찬 주머니가 있고 겉으로 보기는 곱지만 배고픈 주머니가 있는 기다. 내는 복을 채울 여력도 없었고 인자는 기력도 없어가 꼭꼭 숨가놓고 있었는데 니가 가지고 가가 차곡차곡 채워보거라… 채울 기 없을 때는 여며 놓기도 하고 알겠나. 아가야.

지영 복주머니를 가만히 보다가 월례에게 온다.

지영 이 복주머니 고이 간직할게요. 당신의 지난 세월이고 저와 이어주는 끈이니까요. 하지만 어머니. 제 복주머니는 제가 다시 만들겠어요. 이건 가슴에만 묻어두고요. 건강하세요. 제가 어떤 결론을 내더라도 당신은 이제 남이 아닙니다. 우린 하늘에서 뚝 떨어진 게 아니니까요. 당신이 비록 저에게 꽃길을 만들어 주진 않았어도. 새롭게 바라볼 수 있는 눈을 주셨으니까요. (월례는 정지 동작이지만 눈물을 흘리고 있다. 지영 눈물을 닦아주며) 절 예뻐하신다는 거 이제는 알 수 있어요. 어머니. (일어나 가서 문 앞에 다시 정지 동작으로

서 있다)

월례 (황급히 일어나서 지영에게 가며) 버리거나. 내가 쓰던 이 주머니는 그만 버리거나. 내 애타는 맴이 니한테 줬지만 기실 이것은 내 뭀이지 니건 아이다. 니가 어딜 가고 우짜던지 내는 어쩔 수 업시 그 주머니 속에 있지만서도 니는 다르데이. (지영의 손을 잡으며) 건강하거라. 니가 눈에 밟혀 우얄 거나. (지영은 정지 동작이지만 눈물을 흘린다. 지영의 눈물을 닦아주며) 참말로 예쁘데이. (곱게 생겼데이) 우리 아가 참말로…

월례 다시 제자리로 다 앉는다. 지영은 인사를 하고 가방을 들고 나간다. 월례는 돌아보지 않고 소주 한 잔 마시면서 나직이 노래 부른다.

지영 복주머니를 가만히 본다. 월례를 보며 눈물 흘린다. 월례의 세월이 온몸으로 전달된다. 가방을 들고 나간다. 월례의 노랫소리 "연분홍 치마가~~" 지영 듣고 있는 뒷모습. 월례의 노랫소리 이어지며 서서히 암전.

[장면 6]
귀뚜라미 소리. 월례 화장대에 거울을 보며 곱게 머리를 빗으며 복주머니를 매만진다.

월례친정母 월례야, 어서 자야제. 그래야 내일 참한 색시 되는 기라.

월례 야. 어무이. 걱정하지 마이소. 지 시집가서 잘 살 거라예.

봄날은 간다. 노래 소리 맑게 다시 들려온다.

한국 희곡 명작선 118
동행

초판 1쇄 인쇄일   2022년 11월 1일
초판 1쇄 발행일   2022년 11월 7일

지 은 이   김성희
만 든 이   이정옥
만 든 곳   평민사
　　　　　서울시 은평구 수색로 340 〈202호〉
　　　　　전화 : 02) 375-8571 / 팩스 : 02) 375-8573
　　　　　http://blog.naver.com/pyung1976
　　　　　이메일 pyung1976@naver.com
등록번호   25100-2015-000102호
ISBN   978-89-7115-059-7   04800
　　　　　978-89-7115-663-6 (set)
정 　 가   7,000원

이 책은 사단법인 한국극작가협회가 한국문화예술위원회의 2022년 제5회 극작엑스포
지원금을 받아 출간하였습니다.